행복에
더 가까운
삶을
살아갈래

행복에
더 가까운
삶을
살아갈래

**초판 1쇄 발행**  2020년 07월 30일
**초판 2쇄 발행**  2021년 01월 15일

**지은이** 김토끼(김민진)
**책임편집** 조혜정
**디자인** 그별
**펴낸이** 남기성

**펴낸곳** 주식회사 자화상
**인쇄,제작** 데이타링크
**출판사등록** 신고번호 제 2016-000312호
**주소** 서울특별시 마포구 월드컵북로 400, 2층 201호
**대표전화** (070) 7555-9653
**이메일** sung0278@naver.com

ISBN 979-11-90298-89-6 03810

©김토끼(김민진), 2020

파본은 구입하신 서점에서 교환해 드립니다.
이 책은 저작권법에 의하여 보호를 받는 저작물이므로 무단 전재와 복제를 금합니다.

이 도서의 국립중앙도서관 출판예정도서목록(CIP)은 서지정보유통지원시스템 홈페이지
(http://seoji.nl.go.kr)와 국가자료종합목록 구축시스템(http://kolis-net.nl.go.kr)에서
이용하실 수 있습니다.(CIP제어번호 : CIP2020030196)

행복에
더 가까운
삶을
살아갈래

김토끼 지음

자화
상

Prologue

예쁜 너는

예쁜 것만 보고

예쁜 생각만 하고

오늘도 예쁜 하루 보내기를.

차례

# 1장 내가 어떤 사람이든, 나는 지금 이대로도 충분해

## 3장 어느 날의 내가
지금의 나를 사랑할 수 있게

내가 어떤 사람이든,

나 는     지 금
이대로도  충분해

◇

# 나를
# 사랑할 수밖에
# 없는 이유

나는, 나를 사랑하고 싶었다.
그래서 나 자신이 미울 때나 싫어질 때
스스로에게 주문처럼 이 말을 되뇌곤 했다.

나를 사랑하자.
나를 사랑하자.
나를 사랑하자.

계속 반복해서 말하다 보면
어느 날 갑자기

저절로 나를 사랑하게 되는 순간이
오게 되는 줄 알았다.

그런데 그게 아니었다.

아무리 마음을 다져보아도 나는 여전히 내가 싫었고
백 번을 되뇌도 천 번을 되뇌도
나를 사랑하는 마음보다는
나를 왜 사랑해야 하는지에 대한 의문만 더 커져갔다.

그래서 곰곰이 생각해보기로 했다.

나는 실수투성이에 잘하는 게 없는 부족한 사람이다.
그런데 나는, 왜 이런 나를 사랑해야 할까?

나는 눈물도 많고 상처도 잘 받는 나약한 사람이다.
그런데 나는, 왜 이런 나를 사랑해야 할까?

내가 어떤 사람이든.

예상외로 답은 쉽게 찾을 수 있었다.

나는 실수투성이에 잘하는 게 없는 부족한 사람이지만
다시 실수하지 않기 위해, 더 잘하기 위해 노력하는 사
람이다.

나는 눈물도 많고 상처도 많은 사람이지만
그럼에도 불구하고 꿋꿋이 살아가는,
누구보다 강한 사람이다.

　　　이런 나를 왜 사랑해야 하냐고?
　　　이런 나를 사랑하지 않을 이유가 없다.

◇

# 힘내지
# 않아도
# 괜찮아

힘을 내자.

포기하지 말자.

괜찮아.

더 잘할 수 있어.

끝까지 최선을 다하자.


20대 때

내가 늘 나에게 주문처럼 읊조리곤 했던 말이다.

무너질 것 같은 순간이 올 때마다 그렇게 스스로를 다

독이고 격려하곤 했다.


내가 어떤 사람이든.

그렇게 해서 내가 더 발전할 수 있다면
그렇게 해서 내가 더 나은 삶을 살아갈 수 있다면
그때는 그게 나를 위하는 일이라고 생각했다.

그래서 그 시절의 나는
누구보다 열정적이고 치열했던 동시에
누구보다 외롭고, 불안하고, 고단했다.

후회하진 않는다.
그만큼 열심히 살았으니까.

하지만 다시 그때로 돌아간다면
그 시절의 나에게 한번쯤은
그때와 다른 말을 해주고 싶다.

　　힘 내지 않아도 돼.
　　포기하고 싶은 순간이 오면 포기해도 돼.
　　괜찮지 않으면 지금 당장 그만둬버리자.

나는 지금
이대로도 충분해

너는 지금도 충분해.

너무 애쓰지 마.


그렇게, 한번쯤은 따뜻하게 나를 안아주고 싶다.

내가 어떤 사람이든.

◇

## 내가 어떤 사람이든
## 나는 지금 이대로도
## 충분해

당신은 어떤 사람입니까?

어느 모임에 가입하기 위해 이름, 성별, 나이 등
몇 가지 질문에 대한 답을 막힘없이 써 내려가던 중이
었다.

마지막 질문에서 잠시 멈칫했다.

너무 예상 밖의 질문이기도 했고
답을 적는 칸이 다른 칸에 비해 서너 배는 커 보여서

그 공간만큼을 답으로 채워야 한다는 사실이
조금 부담스러웠기 때문이다.


나는 어떤 사람일까?


질문을 몇 번이나 읊조려보다가
그에 대한 답을 천천히 빈칸에 써 넣어보았다.


나는 웃음이 많은 사람
나는 인사를 잘하는 사람
나는 타인에게 친절한 사람
나는 글 쓰는 걸 좋아하는 사람
나는 말을 예쁘게 하는 사람
나는 상처가 많은 사람
나는 그럼에도 씩씩하게 살아가는 사람


답을 써 내려가면서 알게 됐다.


내가 어떤 사람이든.

내가 이렇게 좋은 사람이라는 것을.

나는, 지금 이대로도 충분하다는 것을.

◇

# 그때가
# 그리운
# 날이 오면

가끔씩 과거가 그리워지거나 그때가 좋았는데, 라는
생각이 들 때면 냉정하게 과거를 되돌아보곤 한다.

그때가 정말 좋기만 했는지.
과연 그때는 정말 즐겁고 재밌는 일만 있었는지.

곰곰이 생각해보면 그때도 지금과 다름이 없었다.

과거의 나는 시험에 떨어져 절망했고
취업에 실패해 낙담했고

내가 어떤 사람이든,

누군가와의 이별에 아파했고
마음대로 되지 않는 현실을 많이 원망했었다.


과거라고 딱히 즐겁고 좋은 일만 있었던 건 아니었다.
그런데, 나는 왜 그때 그 시절이 그리운 걸까.


생각해보니, 그때 그 시절이 그리운 게 아니라
그때 그 시절의 내 모습이 그리운 거였다.


그때의 나는 시험에 떨어져 절망했지만, 다시 도전했고
취업에 실패해 낙담했지만, 포기하지 않았다.
누군가와의 이별에 아파했지만,
새로운 사람을 만나는 데 주저함이 없었고
마음대로 되지 않는 현실을 많이 원망했지만,
그럼에도 꿋꿋이 살아왔다.


지금의 내가 그때 그 시절을 좋았다고 회상하는 건
그때 그 시절이 즐겁고 좋기만 했기 때문이 아니라


나는 지금
이대로도 충분해

치열하고 힘들었던 그때 그 순간에도
내가 포기하지 않고 열심히 달려왔기 때문이다.

나는 그때 그 시절의 힘든 순간들을 견뎌낸 사람이라는
걸, 그 힘겨운 순간들을 '좋은 추억'이라 회상하며 미소
지을 수 있는 강한 사람이라는 걸, 잊지 말아야겠다.

◇

## 어떤 순간이 와도
## 나만은 나를 아껴주고
## 사랑해줄 것

누구나 한번쯤은 이런 생각을 해봤을 거다.

나는 왜 이 모양인 걸까.

나는 실패자야.

내 인생은 망했어.

내가 세상에서 제일 불행해.

이런 생각을 안 해야지 하면서도

살다 보면 어떤 상황에 의해, 어떤 사건에 의해,

우리는 종종 이런 생각을 하게 되고

생각을 하면 할수록 점점 더 내 자신이 싫어지고
내가 진짜 쓸모없는 인간이 된 것 같은
기분을 경험하게 된다.

그래서 나는 그런 우울한 생각이 들 때면
가만히 눈을 감고 심호흡을 크게 한 번 한 후
나에 대한 긍정적인 말들을 천천히 읊조려본다.

나는 지금 이대로도 괜찮다.
나는 지금 이대로도 충분하다.
나는 나를 믿는다.
나는 무엇이든 할 수 있는 사람이다.
나는 소중하고 나는 나를 아낀다.
나에게는 좋은 날이 오고 있다.

물론 이렇게 한다고 해서 크게 달라지는 건 없다.
근본적인 문제가 해결되지 않는 이상
내 마음은 여전히 불안하고 위태로울지도 모른다.

하지만 누군가에게 인정받지 못하더라도
누군가에게 응원받지 못하더라도
나만은 나를 인정해주고 싶고
나만은 나 자신을 진심으로 응원해주고 싶다.

나는 실패자가 아니라고
나는 불행하지 않다고
아무리 힘들고 괴로운 순간이 와도 나만은 나를,
그리고 내 삶을, 응원해주고 싶다.

그리고 이 글을 읽는 당신 또한 그랬으면 좋겠다.
인생을 살아가면서 당신은 종종
불행의 한가운데에 던져질지도 모른다.

하지만 그 어떤 순간에도
당신이 가장 소중하게 아껴주고 사랑해줘야 할 대상은
당신 자신이라는 사실을 잊지 말았으면 좋겠다.

◇

내가 지금 잘 하고 있는 걸까?


자꾸 내가 하는 일에 의심이 생기고

불안한 생각이 든다면

나 자신을 조금 더 믿어보려는 노력을 해보자.

◇

나를 가장 잘 아는 사람은 나 자신이고

나를 가장 사랑하는 사람 역시 나 자신이다.

나는 내가 늘 잘 되길 바라고

나는 나 자신에게 해가 되는 일은

절대로 하지 않을 사람이다.


그러니까, 나를 믿자.

나는 지금까지 잘 해왔고 앞으로도 잘 해나갈 테니까.

◇
## 직업을
## 고를 때
## 명심해야 할 것

이직을 할까 생각하던 차에

공무원 시험에 합격했다는 친구의 소식을 듣게 됐다.

안정적인 근무 환경.

다양한 복지 혜택.

노후 보장.

국가와 국민을 위해 일한다는 자긍심 등등.

20~30대의 희망직업 1위답게 공무원이라는 직업은

찾아보니 여러모로 장점이 많은 직업이었다.

내가 어떤 사람이든.

그래서 그날로 당장 공무원 시험에 필요한 교재를 인터
넷으로 주문했다.

그러나 공부가 재밌지도 않고
공무원이라는 직업에 별다른 흥미를 느끼지도 못해서
한 달도 되지 않아 공부를 그만두었다.

그 이후에도 이직을 위해 여러 가지 다른 도전들을 해
보았지만 비슷한 이유들로 한 달이 채 되지 않아 포기
해버리기 일쑤였고, 이직을 할까 생각했던 나는 생각만
하다가 결국에는 이직할 생각을 접었다.

지금 내가 하고 있는 일이
안정된 직업이 아니어도,
복지 혜택이 없더라도,
노후 보장이 안 되더라도,
자유 시간이 많이 없더라도,
남들보다 돈을 많이 못 벌더라도,

아무리 생각해도 나에게는 지금 이 일이 딱인 것 같다.

지금 내가 하고 있는 일보다
내 적성에 잘 맞고 재미있고 보람된 일은 없는 것 같다.

어느 날, 엄마에게 물었다.

"엄마, 남들이 좋다고 하는 일을 나도 해야 하는
걸까?"

엄마는 이렇게 대답했다.

"아니, 너는 네가 하고 싶은 걸 하면 돼."

내가 어떤 사람이든.

◇

## 가장 아름다운
## 순간은
## 지금 이 순간

학창 시절 처음 유서를 써보게 되었다.
죽음은 나와 거리가 먼 일이라고 생각했기 때문에
그때는 그저 어리둥절하기만 했다.

선생님이 쓰라고 해서 쓰기는 하는데 나의 죽음이 크게
와 닿지는 않았다.

아프지 않게 죽기를 바란다는 소망과
가족들을 진심으로 사랑했다는 내용을 유서로 적고는
A4 용지의 절반도 채우지 못한 채

유서를 마무리지었던 걸로 기억한다.


궁금하긴 했다.


사람은 죽기 직전에 인생의 중요한 순간들이
눈앞에서 파노라마처럼 스쳐 지나간다고 하는데
정말 그럴까.
죽기 전에는 뭐가 생각날까.
어떤 순간이 가장 기억에 남고
어떤 순간이 가장 그리울까.


궁금했지만 딱 거기까지의 호기심이었을 뿐
별다른 감정을 느끼지는 못했다.
젊고 어렸던 나에게 죽음이라는 건
너무나 먼 이야기라고만 생각했으니까.


그런데 서른이 되어서야
죽음은 나이와는 아무런 상관이 없다는 걸,


내가 어떤 사람이든.

나이가 들어 자연스럽게 죽음을 맞을 수도 있지만
예기치 못한 상황에 갑작스럽게 맞닥뜨리게 되는 순간
이 올 수도 있다는 걸, 체감하게 된다.

그리고 그런 생각이 들 때마다 무사히 살아 있는 지금
이 순간에 안도하게 된다.

아침에 눈을 떠 밥을 먹고, 회사를 가고, 친구를 만나
고, 누군가를 만나 기뻐하고, 슬퍼하고, 사랑을 하고,
이별을 하고, 또 다른 누군가를 만나고,
그렇게 누군가를 기억하고, 추억하고, 그리워하고, 그
러다 하루가 저물어 잠을 자고, 꿈을 꾸고, 꿈에서 깨
다시 아침을 맞이하는 일.

살아 있다는 건 얼마나 고마운 일인가.
세상에서 가장 아름다운 순간은 내가 살아 있는 지금
이 순간이 아닐까.

◇

# 나만의
# 속도

밥을 빨리 먹는 친구의 속도에 맞춰
평소보다 빠르게 식사를 했다가 크게 체한 적이 있다.

체기를 느끼고 바로 소화제를 사 먹었지만
소용이 없었고 갈수록 상태가 더 악화되는 것만 같아
오랜만에 만난 친구와는 금방 헤어질 수밖에 없었다.

식은땀을 뻘뻘 흘리며 겨우 집으로 돌아온 그날
나는 아픈 배를 부여잡고
밤새도록 끙끙 앓았던 걸로 기억한다.

내가 어떤 사람이든,

단둘이서 식사를 하는데
친구의 식사 속도가 빠르면 나는 왠지 좀 초조해진다.

여러 사람이 함께 식사하는 자리도 아니고 단둘이서 만
났는데 내가 식사를 다 할 때까지 기다리게 하는 게 좀
미안하기도 하고 먼저 식사를 끝낸 친구가 내가 밥 먹
는 모습을 지켜보는 게 부담스럽기도 하기 때문이다.

그래서 식사를 하다가
친구가 밥을 좀 빨리 먹는다 싶으면
나도 식사 속도를 좀 빠르게 하는 편이었고
그날도 그런 이유로 평소보다 빨리 식사를 했다가
그 사달이 난 것이었다.

사람에게는 저마다의 속도가 있다.

밥을 빨리 먹는 사람이 있으면
밥을 천천히 먹는 사람도 있고

걸음이 빠른 사람이 있는가 하면
걸음이 느린 사람도 있다.

그 사람이 나보다 빠르다고 해서 초조해할 필요도 없고
내가 뒤쳐진다는 생각에 불안해할 필요도 없다.

중요한 건 속도가 아니라 방향이다.
내가 아무리 느려도 옳은 방향으로 가고 있다면
결국에는 다 같은 지점에서 만나게 되어 있다.

남들의 속도를 따라가려고 하지 말고
내 속도에 맞추자.
나는 나만의 속도에 맞게 살아가면 된다.

◇

## 나를
## 사랑하기 위한
## 첫걸음

내가 좋아하는 일을 하는 것이
나를 사랑하는 일이라고 착각하는 사람들이 많다.

내가 좋아하는 일을 하고
내가 좋아하는 음식을 먹고
내가 좋아하는 장소에 가서
내가 좋아하는 사람을 만나고.

그래서 이런 사람들 대부분이
자신이 좋아하는 일을 하는데도

'왜 나는 나를 사랑하는 마음이 들지 않을까….' 하고 고
민하곤 한다.

돌이켜보면, "자기 자신을 사랑하세요."라는 말은 많이
들어봤지만 자기 자신을 사랑하는 방법에 대해서는 한
번도 들어본 적이 없다.

그렇다면 나를 사랑하기 위해서는 어떻게 해야 할까?

나는, 나를 사랑하기 위해서는
먼저 내가 싫어하는 게 무엇인지부터 알아야 한다고 생
각한다.

내가 어떤 걸 싫어하는지,
어떤 고민을 하고 있고
어떤 것들이 나를 힘들게 하는지,
나를 괴롭히는 것들에는 어떤 것들이 있는지,
그런 것들을 찾아내어

내가 싫어하는 걸 더 이상 하지 않는 것.

나를 사랑하기 위한 첫걸음은
내가 싫어하는 걸 하지 않는 데에서부터 시작되는 것이
아닐까.

싫어하는 일을 억지로 하지 않고
싫어하는 음식을 억지로 먹지 않고
싫어하는 장소에 억지로 가지 않고
싫어하는 사람을 억지로 만나지 않는 것.

　　　싫어하는 일을 하지 않는 것만으로
　　　당신은 지금보다 훨씬 더
　　　당신 자신을 사랑하며 살아갈 수 있을 것이다.

◇

## 말을
## 예쁘게 하는
## 사람

말을 예쁘게 하는 사람이 좋다.

원래 그런 사람이 아니어도 나를 만날 때만큼은

말을 예쁘게 해준다면 좋겠다.


같은 상황에서도

어떻게 말을 해야 내가 좋아하고

어떻게 말을 해야 내가 불편해하지 않는지.

어떻게 말을 해야 내가 행복해하고

어떻게 말을 해야 내가 상처받지 않는지.


내가 어떤 사람이든,

내 마음을 늘 생각하고 배려해주는 것 같아서
말을 예쁘게 하는 사람을 만나면
그 사람이 더욱 좋아진다.

원래 그런 사람이 아니라 해도
다른 사람들 앞에서는 다른 모습이라 해도
내 앞에서만 말을 예쁘게 하는 거라고 해도
나를 위해 노력하는 그 모습이 더 예뻐 보일 것 같다.

말을 예쁘게 하는 사람이 모두
마음까지 예쁘다고 할 순 없겠지만
나를 만날 때 말을 예쁘게 하는 사람은
나를 향한 마음도 분명 예쁜 사람일 것이다.

그래서 나는 말을 예쁘게 하는 사람을 만나고 싶고
나 또한 누군가에게 말을 예쁘게 하는 사람이 되어주고
싶다.

◇

## 어른이
## 되지 말고,
## 나 자신이 되자

나이가 한 살씩 들어가면서부터 어른이 되어야 한다는
강박관념에 시달렸다.

몸이 아플 때도 "어른이니까 참아야 돼!"
힘들어 죽겠을 때도 "어른이라면 이 정도는 견뎌야
돼!"
눈물이 날 것 같을 때도 "어른은 울어서는 안 돼!"

참고, 견디고, 버티고.
어른이 된다는 건 무수히 많은 것들을 참아내는 일이라

내가 어떤 사람이든.

고 생각했다.

세상의 모든 어른들이 그렇게 살아가니까.
우리 부모님도, 어른이 된 내 친구들도,
다들 그런 모습으로 살아가니까.
나 또한 그렇게 살아야 하는 건 줄 알았다.

사실 모두가 다 똑같을 필요는 없는데.
나는 좀 다른 어른이 되어도 되는 건데 말이다.

그저 그런 '어른'으로 살아가지 말고
우리는 그냥 '나' 자신으로 살아가자.

몸이 아플 때는 괜찮아질 때까지 누워서 좀 쉬고
힘이 들 때는 힘들다고 투정도 좀 부리고
눈물이 날 때는 어딘가에 주저앉아 펑펑 울기도 하고.

어른이 되려고 하지 말고 나 자신이 되려고 하자.

◇

## 친구의
## 의미

이 세상에 '친구'라는 존재가 없다면 나는 어떨까?


별로 상상하고 싶진 않지만
굳이 질문에 대한 답을 한다면
나는 살아가는 게 너무나 막막할 것 같다.


카톡 할 사람이 없어 버스를 기다리는 내내 심심할 거고
직장 상사 때문에 열 받는 일이 있어도
혼자 화를 삭여야 할 거고
생일이나 크리스마스에도 핸드폰이 조용할 거고


내가 어떤 사람이든,

애인이랑 싸워도

내 마음을 이해해주는 사람이 없어 답답할 거고

쉬는 날이나 주말에는 만날 사람이 없어 쓸쓸할 거고


좋은 일이 있어도 축하해줄 사람이 없고

속상한 일이 있어도 털어놓을 사람이 없어

나는 늘 외로울 거고

인생이 너무 재미없고 우울할 것 같다.


친구란 그런 존재인 것 같다.


기쁜 일이 있을 땐 자기 일처럼 좋아해주고

슬픈 일이 있을 땐 가장 먼저 내 옆에 달려와주는

고마운 사람.

세상 모든 사람이 나를 등진다 하더라도

끝까지 내 옆에 있어줄 소중한 내 편.


친구가 있다는 건 인생의 가장 큰 축복이 아닐까.

◇

## 내 인생은
## 내가 결정해

중요한 결정을 해야 하는 순간에는 늘 주변 사람들에게
의지를 하곤 했다.

최대한 많은 사람들의 의견을 들어보고 다수가 원하는
방향으로 결정을 하는 게 나를 위해서도 더 좋은 선택이
될 거라고 생각했기 때문이다.

이제는 모든 것들을 내가 결정한다.

다수의 생각이 나와 다르더라도

내가 어떤 사람이든.

내가 맞다고 생각하면 내 생각에 따라 결정을 내린다.

혹여 내가 맞다고 생각한 길에서 전혀 예상치 못한 상
황을 마주하게 되더라도,
그로 인해 뜻하지 않은 곤란한 일을 겪게 되는 상황이
오더라도, 나 자신을 원망하거나 그때 내가 내린 결정
을 후회하진 않는다.

좋았다면 추억이고 나빴다면 경험이라는 말처럼
선택에 대한 결과는 앞으로의 삶에 도움이 될 좋은 경
험으로 받아들이면 되니까.

내 인생은 내가 결정한다.
선택은 내가.
그에 따른 책임도 내가.

◇

## 서른 즈음에 깨닫게 된 것

1. 돈이 인생의 전부는 아니지만 중요하긴 하다.

2. 말을 조심하자.

한번 뱉은 말은 다시 주워 담을 수 없다.

3. 잠을 자도 피로가 안 풀리니

잘 수 있을 때 되도록 많이 자두자.

4. 사람은 고쳐 쓰는 게 아니다. 포기하자.

5. 회사에선 일 잘하는 사람이 되자. 착한 건 기본이다.

◇

6. 참다 보면 참을 일이 더 많이 생긴다. 싫으면 말하자.

7. 고맙다는 말과 미안하다는 말을 제때하면

친구는 많아지고 적은 사라진다.

8. 건강이 최고다. 적당히 먹고 운동하자.

9. 아직 젊다. 하고 싶은 게 있으면 지금 시작해도 된다.

10. 나부터 생각하자.

누가 뭐래도 내 인생에서 제일 중요한 건 나 자신이다.

◇

## 최고의
## 위로

종종 친한 친구들의 고민을 들어주곤 하는데
가끔씩 뭐라고 위로를 해줘야 할지 모르겠을 때가 있다.

섣부른 위로가 오히려 친구의 마음을 다치게 할까 봐.
위로의 말을 건네기 위해 입을 떼어내는 순간이 무척 조
심스러울 때가 있다.

그럴 때는 우리, 아무 말 하지 말고 조용히 친구의 곁에
있어주도록 하자.

내가 어떤 사람이든.

섣부르게 위로하려고 하지 말고.

마음대로 판단하려고 하지 말고.

지레 짐작해보려고 하지도 말고.

뭐라고 위로를 해줘야 될지 모르겠을 땐 그냥 가만히
친구의 이야기를 들어주자.

곁에 있어 주는 것만으로도 누군가에게는 큰 위로가 될
수도 있다.

◇

## 외모에 대한
## 지적을
## 받았을 때

내 눈에 쌍꺼풀이 있었다면
나를 좋아했을 거라던 사람이 있었다.
모든 게 다 좋은데 쌍꺼풀이 없는 게 나의 흠이라며
그 사람은 나를 만날 때마다 내 얼굴에 쌍꺼풀이 없는
걸 아쉬워했다.

솔직히 내 입장에서는 다행한 일이었다.
남의 외모를 가지고 왈가왈부하는 무례한 사람은 내 타
입이 아닌데 알아서 입장 정리를 해주니 고마운 일이었
다.

그동안 나와 사귀었던 사람들은 쌍꺼풀 없는 내 눈을
나의 흠으로 여기지 않았다. 무쌍인 내 눈이 예쁘다며
오히려 그런 내 눈을 더 좋아해주었다.

그리고 나 또한 내 눈을 흠으로 생각하지 않는다.
살면서 쌍꺼풀이 없어 불편했던 적은 한 번도 없었고
쌍꺼풀 있는 눈보다 없는 눈이 내 얼굴과는 더 조화롭
게 어울린다고 생각하기에.

다른 사람의 감정을 배려하지 않은 채
무례하게 하는 외모 지적 같은 건 그냥 흘려버리자.

당신은 당신만의 매력을 가지고 있다.

◇

## 누군가와 비교해
## 내 모습이 너무 못나고
## 초라해 보일 때

성공한 누군가의 삶과 나의 삶을 비교할 때면
늘 부정적인 감정에 휩싸이곤 한다.


저 사람이 저 자리까지 올라갈 동안 나는 무얼 했는지.
저 사람은 저렇게 반짝반짝 빛나는 인생을 살고 있는데
나는 지금 이곳에서 무얼 하고 있는지.
나 자신이 한없이 초라해지고 못나 보이곤 한다.


하지만 전혀 그럴 필요가 없다.

내가 어떤 사람이든.

사람마다 살아온 환경이 다르고,
잘하는 게 다르고,
생각하는 게 다르고,
목표나 기준이 다른데,
굳이 다른 사람과 나의 삶을 비교하며
자격지심을 느끼지 않아도 된다.


그 사람은 그 사람이고 나는 나다.


지금의 내 모습이 누군가와 비교해 못나 보이고 초라해
보인다고 해서 내가 잘못된 삶을 살아가고 있다고 할
수는 없다.


각자가 걷고 있는 길이 다르고
가야 할 방향이 다른 것뿐
그 사람의 삶을 내가 대신 할 수 없듯이
그 사람 역시 내 삶을 대신 살아갈 수 없다.

나는 그저 내가 걷고 있는 이 길 위에서
최선을 다해 살아가면 된다.

비교하지 말자.
당신은 언제나 옳은 길을 가고 있고
지금도 충분히 반짝반짝 빛나고 있으니까.

◇

## 헤어진 사람과
## 친구로 지낼 수
## 없는 이유

이별한 후 다시 친구로 지내고 싶다고 연락을 해온 사람
이 있었다.

별로 내키지가 않아 제안을 거절하자
나더러 쿨하지 못하다며
혹시 아직도 자기에게 미련이 남은 거 아니냐는
말도 안 되는 소리를 하기에
상대할 가치를 느끼지 못하고
전화를 끊었던 걸로 기억한다.

맞다. 나는 쿨하지 못하다.
연애에 관해서라면 더더욱.

친구가 없는 것도 아닌데
그런 식으로 친구를 늘리고 싶은 마음도 없을 뿐더러
그런 애매한 관계로 인해 지금 내 옆에 있는 소중한 사
람의 마음을 불편하게 하고 싶지는 않다.

만약 지금 내 옆에 누군가가 없더라도
예전에 만났던 사람과 다시 친구로 지내는 건
앞으로 내가 만나게 될 사람에 대한 예의가 아니라고
생각한다.

그리고 무엇보다 내 마음이 내키지가 않는다.

마음이 내키지 않는데 어떻게 친구가 되고 어떻게 다시
연락을 하겠나.
누군가를 만나는 내내

내가 어떤 사람이든.

쩝쩝함을 끌어안고 살아가고 싶지는 않다.

쿨하지 못하다고?

아직 미련이 남았느냐고?

천만에.

우리는 이미 끝났고,

너와는 친구조차 되고 싶지 않을 뿐이다.

◇

## 회사에서 있었던 일 때문에
## 집에 와서까지
## 마음이 불편할 때

회사에서의 일은 되도록 회사에서 끝내고
집에서는 생각하지 않으려고 하는 편인데
그래도 유난히 회사에서의 일이 신경 쓰여
기분이 울적해질 때가 있다.

집에 와서 옷을 갈아입을 때도,
저녁 밥을 챙겨 먹을 때도,
자려고 침대에 누울 때까지도,
계속해서 신경이 쓰일 때가 있다.

내가 어떤 사람이든,

그럴 때는 침대에 누워 가만히 눈을 감고
스스로에게 질문을 던진다.


'내 인생에 조금도 도움이 되지 않을 인간이 지껄이는
말에 내가 대체 언제까지 신경을 곤두세우고 있을 거
지?'


잊어버리자.
어차피 회사를 그만두면 남이 될 사람이다.

◇
## 조카의
## 고백

조카의 손을 잡고 길을 걸어가던 중이었는데
조카가 대뜸 내게 고백을 해왔다.


"나는 고모가 좋아."


갑자기 왜 저런 말을 하는 걸까.
마침 편의점 앞을 지나고 있던 중이었기에
뭔가 먹고 싶은 게 있나 싶었다.


"과자 사달라고?"


내가 어떤 사람이든.

"아니. 나는 그냥 고모가 좋다고."

"갑자기 왜?"

"갑자기는 무슨 갑자기야. 그냥 좋으니까 좋은 거지."

추위가 기승을 부리던 한겨울이었는데도 불구하고
그 순간 온 마음이 따뜻해지는 것 같은 기분을 느꼈다.

이유가 없는 것에 굳이 이유를 붙이려고 하지 말자.
누군가를 좋아하는 마음에는 이유가 없을 수도 있다.

"영민아, 과자 사러 가자."

"과자 사달라는 게 아니라니까?"

"알아. 그런데 고모도 그냥 영민이한테 과자가
사주고 싶어졌어."

이유 없이, 그냥.

◇

## 힘내요,
## 우리 같이

인스타그램에 힘들어 죽겠다는 내용의 글을
아무 생각 없이 올린 적이 있는데
정말 많은 분들이 공감해주셔서
올린 후에 기분이 좋으면서도
한편으로는 마음이 좀 아팠다.

모두가 힘든 줄은 알았지만 정말 이렇게까지 많은 분들이
나와 같은 생각, 같은 마음으로 힘들어하고 있는 줄은
몰랐기 때문이다.

지금 이 자리를 빌어서 그분들에게 내 솔직한 마음을 전하고 싶다.

여러분, 많이 힘드시죠?
저도 그래요. 저도 여러분들과 같은 마음이에요.

나의 불행이 타인의 행복이 될 수 없듯
제가 힘들다고 해서 여러분들이 덜 힘든 건 아니겠지만
세상에 나 같은 사람이 한 명 더 있다는 사실이 때로는
위안이 되기도 하더라구요.

같은 생각, 같은 마음으로 여러분들의 고단함에 진심으로 공감하고 있는 사람이 여기에도 한 사람 있다는 사실이 여러분들에게 조금이나마 위안이 되기를 바라요.

우리, 서로 이해하고 공감하고 그렇게 의지하며 살아가요.

힘든 사람에게 힘내라는 말은 별다른 위로가 되지 못한
다고 하지만, 그래도 힘내라는 말, 해주고 싶어요.


　　힘내요, 우리 같이.

내가 어떤 사람이든.

◇

# 엄마가
# 깨우쳐준 것

엄마와 함께 아침 운동을 하기로 한 첫날이었다.

동네 뒷산을 오르다가 너무 힘이 들어서 주저앉았더니
엄마가 오늘은 여기까지만 걷는 걸로 하고 이만 내려가
자고 했다.
그 말에 나는 살짝 당황을 했다.

여기서 그냥 내려가자고?

아무리 그래도 정상은 보고 가야겠다는 생각이 들어서

조금만 더 가면 정상이니까 참고 올라가겠다고 했다.
하지만 엄마가 또 나를 말렸다.
몸도 안 좋은데 오늘은 여기까지만 하자고.

사실 전날부터 감기 기운이 좀 있었던지라 산을 오르는
게 좀 힘들긴 했다.

그날, 정상에 오르지 못한 채 어중간한 곳에서 하산을
하면서 엄마에게 물었다.

"엄마, 우리 오늘 운동 처음 시작한 날인데 내가 좀 참
고 정상까지 올라가볼 걸 그랬나?"
"아니."

엄마는 단호하게 내 말을 잘랐다.

"오늘 못가면 내일 가면 되지. 뭐가 급하다고."

내가 어떤 사람이든.

군더더기 없이 떨어지는 말에 나는 그만 입을 다물 수
밖에 없었다.

그러게. 뭐가 그리 급하다고.

서두르지 말자.

오늘 못 가면 내일 가면 되고
힘이 들면 잠시 앉았다가 가면 되고
걷기 싫으면 잠깐 멈추었다가 가면 된다.

아무리 급한 일도 당신의 건강보다 중요하진 않
으니까.

◇

내가 괜찮다는 말을 해도
사실은 괜찮지 않다는 걸
알아봐주는 사람이 있었으면 좋겠다.


내가 아무 일 없는 것처럼 행동을 해도
나에게 무슨 일이 있다는 걸 알아채고
달려와주는 사람이 있었으면 좋겠다.

◇

다른 사람들에게 괜히 걱정 끼치기도 싫고

구구절절 내 상황을 털어놓기도 왠지 좀 부담이 되어서

여태까지 힘든 순간이 와도

애써 괜찮다고 말해왔었는데

사실은 진짜 힘들어 죽겠는 그런 기분.


괜찮다고 말해왔지만, 사실은 안 괜찮아.

◇

## 내가 좋은 사람이라는
## 확신이 들었던 순간

"네가 좋은 사람이라 나도 좋은 사람이 됐어."

연인에게 들었던 말 중,
들으면서 가장 기분이 좋았고
가장 기억에 남는 말이 있다면 저 말을 고를 것이다.

인생을 살아가다 보면 우리는
아무 이유 없이 누군가에게 미움을 받기도 하고
내 의지와 상관없이 벌어진 일에

내가 어떤 사람이든,

억울하게 오해받기도 한다.

미움받기 싫고 오해받기 싫지만
세상의 모든 일이 내 마음대로 흘러가진 않는다.

그래서 우리는 늘 초조하고 불안해진다.
나조차 내가 어떤 사람인지 확신할 수가 없어서.
다른 사람들에게 내 존재가 좋은 사람이 아닐지도 모른
다는 생각 때문에.

우리는 항상 좋은 사람이 되고 싶어 하지만
내가 좋은 사람인지 아닌지
우리는 스스로 확신을 할 수 없다.

그런데 이 불안함 가운데
누군가 나에게 좋은 사람이라고 말해주는 것은
얼마나 고마운 일인가.

나를 좋은 사람이라 말해주어서 고맙고
나에게 좋은 사람이 되어주어서 고맙다.


네가 좋은 사람이라,
나 또한 좋은 사람이 될 수 있었어.

◇

# 소중한
# 내 인생

내가 지금 잘 살고 있는 건지

막연하게 불안하고 초조해질 때가 있다.


잘 산다는 건 뭘까.

어떤 삶을 살아야 잘 살고 있다고 할 수 있는 걸까.


잘 산다는 건 좋은 직업을 가졌다는 걸까?

돈이 많다는 걸까?

주변에 친구들이 많다는 걸까?

걱정이나 고민이 없다는 걸까?

내가 지금 잘 살고 있는 건지, 잘 하고 있는 건지,
궁금하고 걱정된다면
과거의 내 모습과 지금의 내 모습이
어떻게 달라졌는지를 생각해보면 된다.

과거의 모습과 지금 내 모습을 비교해보고
긍정적으로 변화했다면 잘 하고 있다고
스스로를 칭찬을 해주고
그렇지 못하다면 잘 버텨주고 있다고
스스로를 격려해주도록 하자.

잘 산다는 건, 어떤 순간에도 흔들리지 않는 삶을 사는
것이다.

누구도 당신을 인정해주지 않고
아무도 당신의 삶을 알아주지 않더라도
당신만은 당신 자신을, 그리고 당신의 삶을,
믿어주고 응원해주기를.

내가 어떤 사람이든,

부디, 최선을 다해 잘 살아가기를 바란다.

단 한 번뿐인 소중한 당신의 인생을.

2장

불 행 보 다 는 ,

행 복 에   더
가까운 삶을 살아갈래

◇

# 행복의
# 형태

행복이란 무엇일까요?

작년 가을, 강연을 준비하면서
행복에 대한 다른 사람들의 생각이 궁금해
저 질문을 인스타그램에 올린 적이 있었다.

글을 올린 지 한 시간도 되지 않아
수십 개의 댓글이 달렸다.

행복이란,

온 가족이 모여앉아 맛있는 저녁 식사를 하는 것.

행복이란,

자려고 누웠을 때 아무 걱정 없이 마음 편안한 상태.

행복이란,

열심히 일한 뒤 찾아오는 휴식 시간.

.

.

.

놀랍게도 수많은 댓글들 중

단 한 개도 중복되는 내용이 없었다.


그걸 보면서 나는 깨닫게 됐다.


　　행복이란,

　　이렇게 다양한 형태로 존재한다는 것을.


　　누군가에게는 동그라미일 수도 있지만

　　누군가에게는 세모일 수도.


불행보다는,

또 다른 누군가에게는 네모일 수도 있는 게 행복
이라는 것을.

100명의 사람이 있다면
100개의 다양한 형태로 존재하는 게
행복이라는 것을.

◇

## 이유 없이
## 우울한
## 날에는

가끔 그런 날이 있다.

그 어떤 것도 변한 건 없는데
내 주변의 모든 것들이 낯설게 느껴지고
매일 걷던 그 길 위에 서 있으면서도
어느 방향으로 가야 할지 갈피를 잡지 못한 채
세상의 미아가 되어버린 것 같은 그런 날.

가끔씩 그렇게 우울한 생각이 들 때가 있다.

불행보다는.

그럴 때 나는 친한 친구들에게 전화를 걸어
실없는 이야기를 잔뜩 하고는 전화를 끊는다.


그렇게 하고 나면 좀 안심이 된다.


어느 날 갑자기 세상 모든 것들이
낯설게 느껴지는 순간에도
변하지 않고 내 곁을 지켜줄 사람,
어느 방향으로 가야 할지 갈피를 잡지 못한 채
방황하는 순간에도
주저 없이 내게 손 내밀어줄 사람.


어떤 상황에서도 나를 떠나지 않고 내 곁에 머물러줄
좋은 사람들이 있다는 것을 확인받고 나면
잠시 우울했던 마음이 거짓말처럼 사라지곤 한다.


나는 가끔씩 우울해질 때가 있지만 그래도 괜찮다.

내 옆에는 나를 사랑해주는
좋은 사람들이 있으니까.

◇

# 적당히
# 살아가는
# 삶

행복한 삶 = 열심히 살아야 얻을 수 있는 것.

행복한 삶은
열심히 노력해야만 얻을 수 있는 것인 줄 알았다.
그래서 정말 열심히 살았다.

행복해지기 위해, 행복한 삶을 살아가기 위해,
열심히 공부하고, 열심히 사람들을 만나고,
열심히 미래를 계획하고, 열심히 앞을 보며 달렸다.

그런데 그런 내가 행복하기만 했을까?


정말, 힘들고 고단했다.


열심히 하지 않으면 안 된다는 압박감이
매 순간 나를 채찍질하는 것 같았고
열심히 하지 못했을 때 따라오는 죄책감이
매 순간 내 숨통을 조여 오는 것 같았다.


행복해지고 싶어 열심히 살아왔지만
어느 순간 정신을 차려보니 열심히 해야 한다는
강박관념에 사로잡힌 채
행복과는 동떨어진 삶을 살고 있었다.


그래서 나는 '열심히'가 아닌 '적당히' 살아가기로 했다.


열심히 공부하다가 힘이 들면 적당히 쉬어주기도 하고
열심히 사람들을 만나다가 사람들 때문에 지치면

혼자만의 시간을 가져보기도 하고
열심히 미래를 계획하고 열심히 앞을 보고 달리다가
어느 순간이 되면 현실의 나를 되돌아보기도 하고.

앞만 보고 달리느라 놓치고 온 것은 없는지
너무 멀리 왔다 싶을 땐
뒤를 확인해보기도 하는 그런 삶.

그렇게 살아가기로 했다.

행복이 무엇인지, 행복해지려면 어떻게 해야 하는지,
아직도 너무나 막막하고 모르는 것투성이지만
적당히 살아가기로 마음먹은 지금이
죽을 만큼 열심히 노력했던 그때보다
덜 불행하다는 건 확실히 알겠으니까.

  '열심히'라는 강박관념에 사로잡힌 삶
  = 불행한 삶.

'적당히' 나를 돌보며 살아가는 삶

= 행복과 가까워지는 삶.

◇

# 나를
# 위로하는
# 일

나는, 내가 힘든 순간에도
다른 사람을 위로하기 바빴다.

"괜찮아?" "힘들지?"라는 말을 다른 사람들에게는 잘
만 하면서 나 자신에게는 한 번도 해본 적이 없는 그런
사람이었다.

다른 사람의 이야기를 먼저 들어주고
다른 사람의 마음을 먼저 위로하기 바빠서
정작 나는 하고 싶은 이야기가 있어도 참을 때가 많았고

속상한 일이 있어도 내색하지 않았다.

위로가 필요한 순간에도 다른 사람을 위로하느라
내 마음은 아무렇게나 방치해버릴 때가 많았고
내 감정을 뒷전으로 하면서까지
다른 사람의 마음을 먼저 배려하려고 했었다.

사실은 나도 누군가에게 이해받고 싶었는데.
사실은 나도 누군가에게 위로받고 싶었는데.

마음이 만신창이가 된 후에야 깨닫게 된 게 있다.

다른 사람의 이야기를 듣고
다른 사람의 마음을 위로하는 것보다
더 중요하고 더 절실하게 필요한 건
나 자신을 먼저 생각하고
나 자신의 마음을 먼저 위로하는 일이라는 것을.

위로란,

다른 사람에게만 필요한 게 아니라

내 자신에게 가장 절실하게 필요한 것이라는 걸.


나 자신을 따뜻하게 안아줄 수 있는 사람이 되자.


내가, 외롭지 않게.

내가, 혼자서 울지 않게.

내가, 마음껏 아프다고 할 수 있게.

내가, 힘들면 힘들다고 말할 수 있게.

내가, 지금보다 더 편하게 살아갈 수 있게.

◇

자존감 높은 사람들의 특징


삶의 목표가 분명하다.


자기 자신을 믿는다.


긍정적으로 생각한다.


다른 사람과 자신을 비교하지 않는다.


자신의 장점에 집중한다.

◇

늘 새로운 것에 도전한다.

실패를 두려워하지 않는다.

자신의 문제를 고치려고 한다.

자신의 일을 사랑한다.

오늘을 살아간다.

◇

# 미리
# 걱정하지
# 말기



나는 좋은 말로 하면 신중한 사람이고
나쁜 말로 하면 쓸데없는 걱정이 많은 사람이다.


한 달 전에는 자격증 시험을 앞두고 날씨가 부쩍 추워졌
는데 갑자기 이런 생각이 들었다.


시험 당일에 감기에 걸리면 어떡하지?
너무 아파서 시험장에 못 가면 어떡하지?
기침을 너무 크게 해서 교실에서 쫓겨나면 어떡하지?
열이 너무 많이 나서 시험 보다가 쓰러지면 어떡하지?


불행보다는.

약 기운 때문에 졸려서 실수를 하면 어떡하지?
불합격하면 어떡하지?


그러나 걱정했던 것과는 달리
감기에 걸리는 일은 없었고
시험장에서 쫓겨나는 일도 없었으며
나는 내가 생각했던 것보다
훨씬 높은 점수로 시험에 합격했다.


나는 항상 이런 식이다.


문제가 생기기도 전에 그 문제로 인해 발생할 수 있는
모든 안 좋은 상황들을 머릿속으로 생각하면서 필요 이
상으로 걱정하고 불안해하며 스트레스를 받곤 한다.


사실 그럴 필요가 전혀 없는 일인데.
날씨가 춥다고 모두 감기에 걸리는 것도 아니고
감기에 걸렸다고 해서

모두 시험을 망치는 것도 아닌데.

안 그래도 되는 일에 시간과 감정을 낭비하는 것만큼
멍청한 일은 없다.

> 미리 걱정하지 말자.
> 내가 걱정하는 일은
> 일어나지 않을 가능성이 더 높고
> 혹시 일어나게 되더라도
> 그렇게까지 최악의 상황은 아닐 테니까.

불행보다는,

◇

## 지금 이 순간
## 행복한 사람이
## 되기를

'행복'을 주제로 한참 강연을 다니던 때의 일이다.

강연이 끝나고 짐을 정리하던 중이었는데
맨 뒷줄에 앉아 계시던 분이 별안간 손을 번쩍 들더니
이런 질문을 했다.

"작가님은 매일매일이 행복하세요?"

뜻밖의 질문에 살짝 당황했지만 나는 솔직하게 "그렇지
않다."고 대답했다.

내 인생이 불행과는 좀 거리가 멀어 보이지만
그렇다고 매일매일 행복하다고 대답하기에는 부족함이
있는 것 같아서.

대답을 들은 분은 잠시 생각을 하더니
또다시 손을 들었다.

"그럼 매일매일 행복해지려면 어떻게 해야 할까요?"

나는 그분의 눈을 똑바로 바라보았다.
다행히 그 질문에는 어렵지 않게 대답을 할 수 있었다.

"지금 이 순간 행복해지면 됩니다."

　　　매일매일 행복해지고 싶다면
　　　지금 이 순간 행복한 사람이 되시기를.

◇

# 이런 날도
# 있지 뭐

안 좋은 일이 연달아 일어날 때가 있다.
마치 온 우주의 기운이 나의 불행을 돕고 있다는 착각이
들 만큼 일이 안 풀려도 더럽게 안 풀리는 그런 날이 있
다.

그럴 때는 너무 우울해하지 말고 그냥 '이런 날도 있지
뭐.'라고 생각하자.

살다 보면 이런 날도 있고 저런 날도 있다.
그리고 이런 날 저런 날 다 겪다 보면

언제가 좋은 날도 온다.

그러니 오늘은 그냥 '이런 날도 있지 뭐.'라고 가볍게 웃
고 넘기자.

◇

# 싫으면,
# 거절하자

주변을 둘러보면 거절을 잘 못하는 사람들이 많다.

나도 그랬다.
괜히 남에게 싫은 소리 하기도 싫고
껄끄러운 사이가 되고 싶지도 않아서
웬만하면 거절하지 않고
상대방의 부탁을 다 들어주는 편이었다.

그러다 보니 뒤늦게 후회가 되는 때가 많았다.

나도 바쁘고, 피곤하고, 해야 할 일이 산더미인데.

내가 지금 뭘 하고 있는 거지?
내가 왜 이 불편한 상황을 감수하고 있는 거지?
왜 나만 이렇게 괴로워하고 있는 거지?

껄끄러운 관계가 되고 싶지 않아서 차마 거절하지 못했
던 순간들이 나중에 더 큰 후회가 되어 나를 괴롭힌다
는 것을 알게 된 이후부터는 남의 눈치가 좀 보이더라
도 내키지 않은 상황에서는 확실하게 거절을 하려고 한
다.

모든 사람들의 부탁을 들어주지 않아도 된다.
싫으면 거절을 해도 된다.

나를 존중해주는 사람이라면
내가 거절을 하더라도 내 입장을 이해해줄 거고
만약 나의 거절로 껄끄러운 사이가 되는 관계라면

불행보다는.

그 사람은 애초에

나와는 맞지 않는 사람이 아니었을까.

◇

# 친구가 없는 건
# 내 잘못이
# 아니야

20대 때까지만 해도 친구가 정말 많다고 생각했는데
시간이 흐르면서 하나둘씩 멀어지더니
서른이 되어서는 정말 친한 친구들 몇 명 외에 다른 친
구들과는 거의 연락을 하지 않게 됐다.

그러다 보니 점점 나에 대한 의심이 들더라.

그래도 예전에는 간간히 연락이라도 했는데,
갑자기 왜 연락이 끊겨버린 거지?

자주 만나지는 못하더라도 꽤 친하다고 생각했는데,
왜 멀어져버린 거지?

나한테 문제가 있는 건가?
내가 뭔가를 잘못한 건가?

친구가 없고, 좋은 관계를 오랫동안 유지하지 못하는
게 내 탓인 것만 같아서 자괴감이 들기도 했다.

하지만 전혀 그렇게 생각할 필요가 없다.

가까웠던 친구가 서서히 멀어지게 되고
정말 친했던 사이가 시간이 지나면서 소원해져 버리는
건 누구에게나 일어날 수 있는 보편적인 일이다.

너무 바빠서.
너무 멀리 살아서.
사는 게 힘들어서.

얼굴을 자주 못 봐서.
그 사이 어색해져버려서.

우리는 서로 저마다의 이유로 멀어져버리곤 한다.

당신 잘못이 아니다.
내 탓이라고 자책할 필요도 없고
멀어졌다고 원망할 필요도 없다.

당신은, 지금 이 순간
당신의 옆에 있어주는 친구들에게 더 잘하면 된다.

◇

# 불행보다는,
# 행복에 더 가까운 삶을
# 살아갈래

한때, 내 취미는 예쁜 곳에 가거나 맛있는 음식을 먹을
때 사진을 예쁘게 찍어서 인스타그램에 올리는 거였다.
지금은 그때 사용했던 계정을 없앤 상태이지만
요즘에도 경치가 좋은 곳에 가거나 맛있는 음식을 먹을
때면 사진을 꼭 찍어두곤 한다.

사진을 보고 있으면 그때의 감정과 생각들을 다시 느낄
수 있어서 좋다.

내가 이렇게 아름다운 풍경을 바라보고 있었고

이렇게 좋은 사람들과 함께 있었고
이렇게 맛있는 음식을 먹었다는 걸 떠올릴 때마다
나에게도 이런 멋진 순간이 있었다는 생각에
기분이 좋아지고
평범하다고만 생각했던 내 일상이
불행보다는 행복과 좀 더 맞닿아 있는 것 같아서
위안이 되기도 한다.

사진은 때때로 우리에게 깨우쳐주곤 한다.

우리의 삶이 불행보다는
행복에 더 가까이 있다는 것을.

◇

# 착한 사람이
# 갑자기
# 변했을 때


순하고 착했던 사람이 갑자기 까칠하게 변했다든가

밝고 활발했던 사람이 갑자기 잘 웃지도 않고

어둡게 변했을 때,

우리는 종종 실망을 하곤 한다.


그리고 우리의 머릿속에는 그 사람의 이미지가 새롭게

새겨진다.


'착한 줄 알았지만 사실은 까칠한 사람'

'성격 좋은 줄 알았지만 사실은 성격 더러운 사람'으로.

그런데 과연 이게 옳은 판단일까?

그 사람을 정말 아낀다면 변해버린 그 사람을 탓하기
전에 그 사람이 왜 변했는지에 대해서 먼저 헤아려봐야
하지 않을까.

사람이 변하는 데에는 다 이유가 있다.

어떤 상황으로 인해,
어떤 사건으로 인해,
혹은 어떤 사람으로 인해.

그 사람이 변한 건 '갑자기'가 아니라
그럴 수밖에 없는 '어쩔 수 없는 계기'가 있었을
지도 모른다.

그러니까 만약 우리 주변의 누군가가 갑자기 변했다면
그 사람이 갑자기 까칠해졌다고 해서,

불행보다는.

잘 웃지 않는다고 해서,

이전 모습과 다르다고 해서,

무조건 그 사람을 안 좋게 보고

변한 그 사람에게 손가락질 하지 말고

그 사람에게 좀 더 관심을 가지고

그 사람의 마음을 좀 더 이해해주려고 노력하자.


그 사람에도 반드시 그럴 만한 사정이 있을 테니까.

◇

'친하지도 않은데 저 사람은 나한테 왜 저럴까?'

하는 생각이 들면, 일단 그 사람의 입장에서

한 번 더 생각을 해보는 게 좋다.

◇

그리고 그 사람의 입장에서 생각을 해봤는데도

여전히 '저 새끼 진짜 나한테 왜 저러지?'

하는 결론에 도달한다면,

그 사람과는 되도록 빠른 시일 내에

멀어지기를 추천한다.


안쓰러운 마음에 굳이 친해져서

그 사람의 감정 쓰레기통이 되어줄 필요는 없으니까.

◇

## 결말은
## 반드시
## 해피엔딩

어릴 적, 백설 공주가 독사과를 먹고 깊은 잠에 빠졌을 때도, 신데렐라가 계모와 나쁜 언니들에게 괴롭힘을 당할 때도, 우리가 책장을 덮어버리지 않았던 건 그들이 결국에는 반드시 행복해질 거라는 확신이 있었기 때문이다.

동화책에는 몇 가지 공식이 존재한다.

주인공에게는 안 좋은 일들이 많이 일어나고
주인공의 주변에는

불행보다는,

주인공을 힘들게 하는 사람들이 많이 있지만
그럼에도 불구하고 주인공은 반드시 행복해진다.

나는, 이 뻔한 동화 속 공식이 우리의 삶에도 적용되는
거라고 믿고 싶다..

만약 당신이 지금까지 너무 힘든 삶을 살아왔거나
지금 현재 너무 힘든 길을 가는 중이거나
앞으로 가야 할 길이 너무 멀고
험하다는 생각이 든다면,
그래서 어느 날 갑자기
삶을 포기하고 싶은 순간이 온다면,

당신은 당신 인생의 주인공이라는 것을
그래서 조금 더 힘든 길을 가고 있는 것일 뿐
결국에는 모든 게 다 좋아질 거라는 사실을 잊지
말았으면 좋겠다.

불행은 잠시일 뿐 주인공은 반드시 행복해진다.

당신에게는 반드시 좋은 날이 올 것이다.

◇

## 친구에게 나보다
## 더 친한 친구가
## 생긴 것 같을 때

얼마 전 취업을 한 친구에게
나만큼이나 죽이 잘 맞는
새로운 친구가 생겼다는 말을 전해 들었을 때,
나는 살짝 충격을 받았다.

그녀가 취업을 하게 되면서
예전만큼 자주 만날 수 없게 되어
가뜩이나 서운하던 찰나였는데
그런 그녀에게 새로운 친구까지 생기다니.

친한 친구를 빼앗긴 것만 같은 생각에 솔직히 기분이
좀 안 좋았다.

하지만, 나는 알고 있었다.
그녀에게 새로운 친구가 생겼어도 우리 사이에 변하는
건 아무것도 없을 거라는 걸.

이후로도 그녀는,
나에게 안 좋은 일이 생기면 늘 그랬듯
가장 먼저 달려와줄 것이고
내가 힘들어 할 때면 언제나처럼
나의 위로가 되어줄 것이고
기쁘고 좋은 일이 있을 때는
지금껏 그래왔듯 자기 일처럼 기뻐해줄 것이다.

예전만큼 자주 만나지 못하더라도
우리는 서로에게 여전히 가장 소중한 존재일 것이다.

그러니까, 친구에게 새로운 친구가 생겼다 하더라도 속
상해하지 말자.

친구에게 새로운 친구가 생겨도
당신과 친구 사이는 변함없이 가깝고 애틋하다.

◇

# 항상
# 사랑받는
# 사람들의 특징

언제, 어디에서든 사랑받는 사람들이 있다.

다른 사람과 비교해 특별한 것 없이 평범해 보이는데도,
이상하게 모두가 좋아하고 모두가 친하게 지내고 싶어
하는 사람.

이런 사람들을 잘 살펴보면 공통된 특징들이 있다.

1. 잘 웃는다.

　늘 웃는 얼굴로 사람들을 대하고 장난이나 농담에도

잘 웃어주기 때문에 이 사람과는 함께 있는 것만으로도
기분이 좋아진다.

2. 다른 사람의 이야기를 잘 들어준다.

다른 사람의 이야기를 잘 들어주는 사람은 공감 능력
도 뛰어나서 이 사람과 대화를 하면 항상 즐겁고 재미
있다.

3. 말을 예쁘게 한다.

말을 예쁘게 한다는 건, 대화를 할 때 상대의 기분이
상하지 않도록 상대를 늘 배려해주고 있음을 의미하므
로. 말을 예쁘게 하는 사람은 얼굴도 예뻐 보이고 마음
도 예뻐 보인다.

4. 실력에 비해 겸손하다.

자기가 잘하는 걸 과시하지 않고 다른 사람이 자기보
다 못한다고 해서 무시하지 않는다. 그래서 이 사람과
함께 하면 배울 점이 많고 늘 존중받는 기분을 느낄 수
있다.

5. 감사함을 안다.

사람들이 자신에게 보이는 호감이나 호의를 당연하게 생각하지 않고 늘 고마워하며 주변 사람들에게 더 잘 하려고 노력하기 때문에, 시간이 지날수록 이 사람의 주변에는 더 많은 사람들이 모인다.

그리고, 이 다섯 가지 특징들에 공통적으로 들어가 있는 건 '상대에 대한 존중'이다.

많은 사람들에게 사랑받고 있다는 건
그 사람이 그만큼 많은 사람들을 존중해주고 있다는 의미인지도 모른다.

◇
# 사과를 받았는데도
# 기분이 풀리지
# 않을 때

미안하다는 말을 들으면
무조건 용서를 해야 하는 걸까?

사과를 받았는데도 기분이 풀리지 않고 도리어 마음이
더 심란해질 때가 있다.

사과를 한 상대방은 한결 홀가분해진 얼굴로 나를 바라
보는데 나는 사과를 받고도 상대를 바라보는 게 불편하
고 찝찝하기만 한 것 같을 때.

그런 생각이 드는 건 내가 아직 상대를 용서할 마음의
준비가 되어 있지 않기 때문이다.

내가 나빠서가 아니다.
속이 좁아서가 아니다.

미안하다는 말을 듣고도 마음이 풀리지 않는 건
당신이 그만큼 큰 상처를 받았다는 걸 의미하고
상대의 진심 어린 사과를 받고도 용서할 마음이 생기지
않는 건 당신이 지금도 여전히 그 사람으로 인해 괴로
워하고 있다는 걸 의미한다.

당신을 희생하면서까지 억지로 누군가를 용서하지 않
아도 된다.

어떤 순간에도, 당신은 당신의 마음이 우선이어야 한다.

◇

# 자신감이
# 없는 사람에게

사람은 누구나 성공하고 싶어 하고
실패 없는 인생을 살아가고자 희망하지만
인생이 그렇게
우리가 원하는 대로만 흘러가지는 않는다.

잘 하려고 한 일이
내가 의도한 것과 전혀 다른 방향으로 흘러가기도 하고
틀림없이 성공을 장담했던 일이 예기치 못한 상황 때문
에 위기의 순간을 맞기도 한다.

행복에 더
가까운 삶을 살아갈래

우리는 그 과정에서 수많은 실패와 좌절을 맛보게 되고
그 모든 게 트라우마가 되어 자신감을 점점 잃어버리게
된다.

이런 상황에서 실패를 딛고 다시 일어난다는 것이,
새로운 마음으로 다시 무언가를 시작한다는 것이,
당신에게는 그 무엇보다
막막하고 불안하게 느껴질 수 있다.

하지만 그렇게 기죽을 필요 없다.
살아오면서 수많은 실패를 했다는 것은
그만큼 많은 도전을 했다는 것이고
수많은 도전을 했다는 것은
그만큼 많은 것들을 경험했다는 것이다.

당신은 남들보다 더 많은 실패를 했기 때문에
남들보다 더 많은 경험을 가지고 있을 거고
실패하지 않을 수 있는 방법들을

남들보다 더 많이 알고 있을 것이다.

그러니까, 자기 자신에게 좀 더 자신감을 가져도 된다.


당신은 반드시 성공하게 되어 있다.

◇
## 따뜻한
## 당신

별것도 아닌 일에 잘 우는 사람이 있다.


슬픈 영화를 보거나 슬픈 노래를 들을 때.
누군가에게 안 좋은 말을 들었거나
누군가의 안타까운 소식을 들었을 때.
누군가에게 기쁜 소식을 들었거나
감동적인 말을 들었을 때.


시도 때도 없이 잘 우는 사람들이 있다.


불행보다는,

그 사람들에게 우는 이유를 물으면 대개 이렇게들 답을
한다.

나는 원래 눈물이 많다고.
울고 싶지 않은데 눈물이 많아서 어쩔 수가 없다고.

아니다.

별거 아닌 사소한 것에도 잘 우는 건
눈물이 많아서가 아니다.
당신이 따뜻한 사람이기 때문이다.

기쁠 때나 슬플 때, 힘들거나 어려울 때,
언제 어느 때든 타인의 일을
마치 자신의 일처럼 생각하며
기뻐해주고 슬퍼해주고 아파해주는
따뜻한 마음을 가진 사람이기 때문이다.

눈물이 많다는 건,
당신이 따뜻한 사람이라는 증거다.

불행보다는,

◇

# 행복과
# 불행을
# 결정짓는 것


행복과 불행을 결정짓는 것은 무엇일까?


그게 무엇이기에 누군가는 행복하다 말하고
누군가는 불행하다 말하는지 궁금했다.


그래서 행복하다고 하는 친구에게는 행복의 이유를
불행하다고 하는 친구에게는 불행의 이유에 대해서 질
문을 해보았다.


행복에는 행복의 이유가,

불행에는 불행의 이유가,
제각각 다른 이유가 있을 거라 생각했기 때문이다.


그런데 놀랍게도 두 사람의 답은 모두 같았다.


행복한 친구는 행복의 이유를
'그냥 행복하니까'라고 했고


불행한 친구 역시 불행의 이유를
'그냥 불행하니까'라고 했다.


그제야 나는 행복과 불행의 차이를 어렴풋이 알 것도
같았다.


행복한 사람에게는
사소한 모든 것들이 행복의 이유가 되지만
불행한 사람에게는
그 모든 것들이 불행의 이유가 되고 만다.


불행보다는.

어쩌면 행복과 불행은
우리의 마음가짐에 달려 있는 건지도 모르겠다.

하루의 시작에 두 사람이 있다.

A : "와, 오늘은 왠지 좋은 일이 있을 것 같은데?"
B : "하. 오늘도 왠지 짜증나는 일이 있을 것 같
은데?"

당신은, 어떤 사람인가요?

◇

"말을 참 예쁘게 하시네요."
라는 칭찬을 들은 후부터
나는 말을 더욱더 예쁘게 하게 됐고,
"웃는 모습이 참 예뻐 보여요."
라는 말을 들은 이후부터
나는 더 환하게 웃을 수 있게 됐다.


예쁜 말은 예쁜 마음이 되어
사람을 예쁘게 변화시키곤 한다.


그래서 나는 당신에게도
매일매일 예쁜 말을 해주고 싶다.

◇

당신은 예쁘다.

당신은 늘 예쁘다.

당신은 항상 예쁘다.

당신은 오늘도 예쁘다.

당신은 매일매일 예쁘다.


예쁜 당신이,
매일매일 예쁜 하루를 보내기를 바라며.

◇

## 연애를 하면
## 좋은 점

아무도 좋아하지 않는 게 가장 편하다고 생각했는데, 막
상 연애를 하고 보니 세상에 누군가를 좋아하는 일만큼
즐거운 일은 없는 것 같다.

매일매일 반복되는 삶의 패턴이 따분하고 지루한 일상
이라고만 생각했는데, 누군가를 떠올린다는 것만으로도
이렇게 즐겁고 재미있을 수가 있다니.

부지런히 사랑하자.

누군가를 좋아하면 아무 일도 하지 않고 가만히 방안에
앉아만 있어도 삶이 행복해진다.

3장

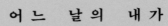

어 느 날 의 내 가

지금의 내 모습을
사랑할 수 있게

## 조카와의
## 대화

조카와 함께 색칠 놀이를 하던 중이었다.

스케치북에 하트를 잔뜩 그려 넣은 조카가
하트를 빨간색이 아닌
하늘색으로 색칠하는 것이 아닌가.

그래서 하트는 빨간색이라는 것을 조카에게 친절하게
알려주었다.

하지만 그런데도 내 말을 듣는 둥 마는 둥

조카는 계속해서 하트를 하늘색으로만 채워 넣었다.

벌써 사춘기가 온 건가?
왜 내 말을 안 듣는 거지?
의아해하면서 조카에게 말했다.

"하트를 왜 하늘색으로 색칠하는지 고모는 이해할 수가
없네."

색칠 놀이에만 집중한 조카는 나를 바라보지도 않은 채
대답했다.

"그럼 이해하지 마.
고모가 이해 안 해줘도 나는 괜찮으니까."

그 말은
'너의 이해를 바란 적은 없다'는 의미인 것 같기도 하고
'네가 나를 이해하든 말든 나는 내 갈 길을 갈 거'라는

의미인 것 같기도 해서
묵묵히 하늘색 하트를 만들어내고 있는 조카의 옆에서
나만 괜히 머쓱해져버리고 말았다.


미주는 빨간색보다는 하늘색을 더 좋아하고
바비 인형보다는 자동차로 변신하는 로봇을 훨씬 더 좋
아하는 평범한 여자아이다.


미주가 어떤 삶을 살든
나는 그 아이의 삶이 따뜻함과 충만함으로 가득하기를
바란다.

◇

# 연애하고
# 싶은 사람

누군가 "나 서운해."라고 말을 하면, 정말 귀찮다는 표
정으로 "그래 내가 미안해. 이제 됐지?"라고 말을 하는
사람이 있다. 진짜 서운해서 서운하다고 하는데도 그 말
을 들어주지 않고 질렸다는 듯 깊은 한숨을 내쉬는 사람
이 있다.

그냥 좀 서운하구나 생각해줄 순 없을까.
그냥 좀 내 마음을 알아줄 순 없을까.

내가 서운하다고 하면
한숨을 내쉬거나
귀찮아하는 것 대신
"그랬구나. 네 마음 몰라줘서 미안해."
라고 말해주는 사람.


사소한 일로 관계가 틀어져버리지 않게
내가 어떤 점에서 서운해하는지
어떤 문제로 이렇게까지 속상해하는지
내 이야기를 침착하게 들어주고
변명이나 핑계보다는
속상한 내 마음을 먼저 달래주기 위해 노력하는 사람.


상처 받은 내 마음을 따뜻하게 어루만져줄 수 있는
그런 다정한 사람과 연애를 하고 싶다.

◇

# 이미
# 엉켜버린
# 관계

머리를 잘못 말렸는지 머리카락 한 뭉텅이가 동그랗게
엉켜버리고 말았다. 어떻게 해도 풀어지지 않고 손을 대
면 댈수록 더 꼬이기만 하는 것 같았다.

단단히 엉켜버린 머리카락은
이렇게 나를 힘들게만 하는구나.

오해로 멀어져버린 누군가와의 관계처럼,
미움이 쌓여 어긋나버린 누군가와의 관계처럼.

나는 오늘 그들과의 엉켜버린 관계를 풀어보려고
애를 쓰는 내 모습을 발견하게 됐다.


문득 그런 내가 안쓰러워 엉킨 머리카락들을 조심스럽
게 쓰다듬어 주었다.


그동안 수고했다고,
혼자 애쓰느라 고생 많았다고.


내 마음을 위로해주고
이제는 엉킨 관계를 서서히 놓아주어야겠다는 생각을
하게 됐다.


　　내가 좀 아프더라도.
　　내가 좀 속상하더라도.


　　엉망으로 엉켜버린 관계는 내가 아무리 노력해도
　　다시 처음의 관계로 돌아갈 수 없다.

놓아버려야 할 인연은 빨리 놓아줘버리자.

지금 놓아버려야

나중에 더 깊이 상처받지 않을 수 있다.

◇

# 가까울수록
# 더 다정하게

가까운 사이일수록 말을 더 조심하려고 하는 편이다.

격 없이 편한 사이도 좋지만 너무 편하게만 대하다 보면
나도 모르게 실수를 하게 될 때도 있으니까.

악의가 없다고 해도,
그런 의도가 아니었다고 해도,
상대가 내 말에 상처를 받는다면 그건 내가 잘못한 거라
고 생각한다.

나에게는 별거 아닌 일이
다른 사람에게는 큰일이 될 수도 있듯
친하다고 생각해서 아무 생각 없이 던진 말에
누군가는 상처를 받을 수도 있으니까.

나는, 내 소중한 사람들에게
그런 실수를 하고 싶지 않다.

가까운 사이일수록
더 따뜻하게,
더 다정하게,
더 소중하게 대해주고 싶다.

◇

## 누군가 내게
## 먼저 연락을
## 한다는 것은

"너는 나를 별로 안 좋아하는 것 같아.
우리, 생각할 시간을 좀 갖자."

6개월간 만난 남자 친구에게서
그 말을 처음 들었을 때는 솔직히 좀 충격이 컸다.

그동안 아무 문제없이 잘 만나왔는데
갑자기 그런 말을 하는 게 좀 이해가 되지 않았고
무엇보다 내 마음은 그게 아닌데
내 마음을 함부로 넘겨짚고 의심하는 것에

좀 화가 나기도 했다.

그런 나를 더 놀라게 했던 건
그 이후로 남자친구로부터의 연락이 뚝 끊겨버린 사실
이었다. 평소에는 카톡도 잘하고 전화도 잘하던 친구였
기에 그런 일이 있고 나서도 당연히 미안하다며 먼저
연락을 할 줄 알았다.

하지만 아무리 기다려도
남자친구에게서는 연락이 없었다.

조금 서운했지만 이대로 멀어지고 싶지는 않아
며칠이 지난 후 내가 먼저 연락을 했다.

남자 친구는 내가 먼저 전화를 할 줄은 몰랐는지 당황
한 눈치였고 나는 그제야 그가 왜 그런 말을 했는지에
대해서 조금은 알 것 같았다.

생각해보니 남자 친구와 나는 6개월을 넘게 만난 사이
고 사소한 일로 다툰 적도 많았지만
우리가 다툰 후 내가 먼저 전화를 한 것은 이번이 처음
이었기 때문이다.

내가 그 사람을 좋아하는 마음보다
그 사람이 나를 좋아하는 마음이 더 크기를 바랐다.

내가 그 사람에게 먼저 다가가기보다는
그 사람이 나에게 먼저 다가와 주기를 바랐다.

그래서 누군가와 관계를 맺을 때 나는 언제나 기다리는
입장이었다.

그 사람이 먼저 마음을 표현해주기를 기다리고,
그 사람이 먼저 미안하다는 말을 할 때까지 기다리고,
그 사람이 먼저 만나자고 할 때까지 기다리고.

늘 기다리는 입장이었기에 기다리는 사람이 더 힘들 거
라고 생각했는데 그게 아니었다.

상대도 기다리고 있었던 거다.

내가 먼저 손 내밀어주기를.
내가 먼저 표현해주기를.
내가 먼저 연락해주기를.

기나긴 기다림 끝에 먼저 용기를 내준 것이었다.
나와의 관계를 지키고 싶어서.

> 누군가 내게 먼저 연락을 한다는 건
> 그만큼 나를 많이 생각한다는 것.
>
> 누군가 내게 먼저 손을 내밀어준다는 건
> 그만큼 내가 많이 소중하다는 것.

누군가 내게 먼저 마음을 표현한다는 건
그만큼 나를 많이 좋아한다는 것.

◇

## 나를 싫어하는
## 사람을
## 만났을 때

영화관에서 잠깐 알바를 했을 때의 일이다.

첫날 근무를 마치고 집에 가려고 준비를 하던 중이었다.

같은 타임에 일했던 직원이 내게 일은 좀 할 만하냐고
묻기에 "네, 정말 재밌었어요!"라고 대답을 했더니
재밌다는 거 보니 일을 제대로 안 한 거 아니냐며
같이 일하는 알바생들 고생시키지 않으려면
제대로 일을 해야 할 거라고 내게 정색을 했다.

조금 황당했지만 앞으로 더 열심히 해야겠다고 생각하

며 그 상황을 넘겼다.


그리고 며칠 뒤 다시 그 직원이 일은 좀 어떠냐고 묻기
에 이번에는 "조금 힘들긴 하지만 열심히 하고 있다."
고 대답을 했다.
그랬더니 일한 지 얼마나 됐다고 벌써부터 힘들다고 난
리냐 이 일이 힘들면 다른 일은 하지도 못한다며
나한테 다짜고짜 설교를 하는 것이 아닌가.


그래서 그 직원과 같은 타임에 근무하는 날에는
엄청나게 스트레스를 받았다.


이래도 뭐라 그러고 저래도 뭐라 그러고
도대체 나한테 뭘 바라는 건지 알 수가 없었다.


그때 당시에는 그 사람의 마음을 헤아리지 못했는데
일을 그만두고 나서야 그 사람이 왜 그랬는지 알 것 같
았다.

그 사람은 그냥 내가 싫었던 거다.

그래서 사사건건 트집을 잡고

터무니없는 말을 하며 나를 괴롭혔던 거다.


그런데 나는 그런 것도 모르고

그 사람과 잘 지내보려고 했다.

그 사람이 하는 말이라면 다 들어주고

그 사람이 뭘 시키든 고분고분 맞춰주려고 했다.


하지만 그 사람과는 영화관을 그만둘 때까지 친해질 수 없었다.


나의 선의는 왜곡되어 전해졌고

나의 진심은 질투와 시기가 되어 돌아오곤 했다.


나를 싫어하는 사람을 위해 나 혼자 너무 애쓰지 말자.

나를 싫어하는 사람의 마음을 돌리기란 힘들다.

내가 아무리 잘해보려고 노력을 하고

내가 아무리 잘 지내보려고 애를 써도

나를 싫어하는 사람은 어떻게든 싫어할 구실을 만든다.

◇

## 나여야만
## 하는 사람

"나 요즘 너무 행복해."

얼마 전 연애를 시작한 친구가 대뜸 이렇게 말했다.
그래서 내가 물었다. 뭐가 그렇게 행복한지.

"연애를 해서?"
"아니."
"사랑을 해서?"
"아니."
"그럼 뭐가 그렇게 행복해?"

"그 사람을 만나서."

응? 그게 그 말 아닌가?

그때는 친구의 말을 이해하지 못했는데
시간이 지난 지금에서야
나는 그 말이 얼마나 상냥한 말이었는지를 깨닫는다.

연애를 해서 행복한 사람이 아닌
나를 만나 행복하다는 사람을,
연애가 하고 싶어 나를 만나는 사람이 아닌,
나를 만나 연애가 하고 싶다는 사람을 만나시길.

◇

## 인연이
## 아니었음을

관계가 틀어져버리는 것은 아주 쉽다.

사소한 말 한마디 때문일 수도 있고
예기치 못한 상황 때문일 수도 있고
당사자들과 전혀 상관없는 제3의 누군가 때문일 수도
있고 때로는 아무 이유 없이 서서히 멀어지게 돼 버리는
경우도 있다.

예전에는 그 모든 관계를 필사적으로 잡아보려고 했다.

다시 예전의 관계로 돌아가기 위해
다시 예전처럼 친해지기 위해
어떻게든 참아주고, 맞춰주고, 받아주고.

나를 희생해서라도 그 관계를 유지하려고 했다.

하지만 한번 틀어져버린 관계는 다시 되돌릴 수 없었고
나를 떠날 사람은 결국 떠나버리기 마련이었다.

　　온 마음이 만신창이가 되고 난 후에야 깨달았다.

　　우리가 틀어진 건 내가 잘못했기 때문이 아니라
　　우리가 그냥 그 정도밖에 안 되는 관계였기 때문
　　이라는 걸.

　　우리는, 인연이 아니었음을.

◇

미움 받는 것에 익숙해진다는 말은

미움을 받아도 이제는 아프지 않다는 뜻일까.

아니면 미움을 받아도

이제는 신경 쓰이지 않는다는 뜻일까.


미움 받는 것에 익숙해지는 게

과연 가능한 것일까.

◇

나는, 익숙해질 수 없다고 생각한다.


누군가에게 미움 받는 일도,

누군가에게 상처 받는 일도.


그저 매 순간 아플 뿐이다.

◇

## 내 걱정은
## 내가 할게

나도 이런 얘기는 안 하고 싶은데.

이게 다 너를 위해서 하는 말이야.

그러니까 오해하지 말고.

기분 나쁘게 생각하지도 말고.

나는 진짜 네가 걱정돼서 하는 말이야.


주변을 둘러보면 남에게 상처 주고 싶어서 안달 난 사람
들이 많이 보인다.


남의 자존감 다 깎아 내리고는

어느 날의 내가

나는 너에게 상처 주려는 게 아니라
네가 더 잘 되길 바라는 마음에서 하는 말이었다고
나를 위하는 척, 걱정하는 척, 진심인 척, 좋게 포장하
는 사람들.

그러다 내가 불쾌해하거나 화를 내면
충고를 받아들이지 못하는 교만한 사람,
조언을 새겨들을 줄 모르는 꽉 막힌 사람으로 취급하곤
하는 사람들.

충고나 조언에는 반드시 '진심'이 담겨 있어야 한다.

진심이 담긴 말이라면 착한 척 포장하지 않아도 내가
먼저 느꼈을 것이다.
나를 위하는 말이라는 것을.

구구절절 변명하지 않아도 내가 먼저 알아챘을 것이다.
나를 진심으로 위해주고 있다는 것을.

지금 이 순간 나를 위한다는 이유로
내 자존감을 깎아내리고 있는 사람들에게 묻고 싶다.

지금 당신이 하는 말에
얼마만큼의 진심이 담겨 있는지.
거짓은 조금도 없는지.

나를 위한다는 말이 사실은,
충고를 빙자한 비난은 아닌지.
조언을 빙자한 간섭은 아닌지.

"이게 다 너를 걱정해서 하는 말이야. 내 마음 알
지?"
"ㅇㅇ. 근데 내 걱정은 내가 할게."

우리는 서로 '남'이라는 사실을 잊지 말자.

◇

# 누군가에게
# 기대하는
# 마음이 생길 때

사람이 사람을 좋아하게 되면 그 사람에 대해 알고 싶어
지고 그 사람에 대해 알게 되면 그 사람을 믿고 싶어지
고 그 사람을 믿게 되면 그 사람에 대한 기대가 생기게
된다.

그래서 나는 누군가에게 기대하는 마음이 나쁜 거라고
생각하지는 않는다.

다만, 내가 기대한 대로 상대가 변하지 않는다고 해서
내가 바라는 대로 바뀌지 않는다고 해서

내가 원하는 걸 해주지 못한다고 해서
상대에게 화를 내거나 상대를 몰아세우는 건 옳지 않다
고 생각한다.

내 모든 기대를 충족시켜 줄 수 있는 사람은 이 세상에
없다.

당장 내 자신조차 내 마음대로 할 수 없는 게 인간인데
하물며 다른 사람을 변화시키는 일은 오죽할까.

실망할 필요도 없고 상처 받을 이유도 없다.

그 사람을 정말 좋아한다면,
그 사람과 오랫동안 좋은 관계를 유지하고 싶다면,
그 사람을 내가 기대하는 모습으로 바꾸려고 하지 말고
그 사람의 지금 모습 그대로를 사랑해줄 수 있는 사람
이 되자.

◇

# 나의 우울을
# 별거 아니다 말하던 친구

나의 우울을, 별거 아니라고 말하던 친구가 있었다.

그 친구와는 회사가 같진 않았지만 동종업계 종사자라 종종 둘이 만나서 회사 얘기도 하고 일 얘기도 하는 그런 사이였는데 한번은 회사 문제로 내가 좀 심란했을 때가 있었다.

그간 친구가 회사 문제로 이런저런 힘든 일이 있을 때
내가 친구를 위로해준 적이 많았기 때문에
당연히 친구도 내 이야기를 들으면

나를 위로해줄 거라고 생각했다.

그런데 내 이야기를 들은 친구의 반응은 내가 예상했던
것과는 달랐다.

고작 그거 가지고 힘들다고?
나는 너보다 더 힘들었어.
요새 우울증 없는 사람이 어디 있냐.
그것도 다 한때야.
니가 힘들면 나 같은 사람은 죽으라고?
너 그거 다 편해서 그런 거야.

나를 위로해줄 거라 생각했던 친구가
도리어 이런 반응을 보이니 처음에는 좀 언짢았지만
그래도 친구니까,
친구가 나보다는 더 힘든 환경에서 일하고 있으니까,
다 나 잘되라고 하는 말이겠지,
진심으로 나를 위해서 하는 말이었을 거야,

좋게 생각하려고 했다.

그런데 그 이후로는 아무리 회사에서 힘든 일이 있어도
그 친구에게 털어놓을 수가 없었다.

힘들다고 하면 이번에는 또 친구가 무슨 말로 나를 몰
아세울지 걱정이 앞서 말을 꺼내기가 쉽지 않았다.

그러다 보니 그 친구를 만나도 나는 거의 내 이야기는
하지 않은 채 그 친구의 이야기만 일방적으로 들어주는
입장이 돼버렸고 서서히 친구와의 만남이 불편해지기
시작했다.

그러다 시간이 흘러 친구가 직장을 옮기게 되면서
그 친구와는 멀어지게 되었고
그제야 나는 마음 한구석에 있던 돌덩이 하나를 덜어낸
기분이었다.

그 친구와 함께 할 때는 몰랐는데

지나고 나서야 알았다.
그 아이는 내게 친구였던 게 아니라
내 가슴을 짓누르는 돌덩이에 불과했다는 사실을.


혹시 이 글을 읽고 떠오르는 사람이 있다면 그 사람과
는 멀어지길 바란다.

당신의 우울을 별거 아니라고 말하는 사람은
당신의 친구도 동료도 그 무엇도 아니다.

당신은 누구에게든 힘들다는 말을 할 수 있고
어느 누구도 그 말을 하는 당신을 손가락질 할 수 없다.

그러니까, 힘들 때는 힘들다고 우울할 때는 우울하다고
솔직하게 말해도 된다.


그 사람이 아니어도

당신이 받은 상처를 함께 걱정하고 위로해줄

진짜 친구들이 당신의 주위에는 많이 있을 테니까.

◇

서운해하지 않으려고 하는데
자꾸만 서운해진다.


사정이 있겠지 생각하면서도
나보다 더 중요한 사정이란 게 무엇인지
서운한 마음이 들고,


일부러 그런 건 아닐 거야 생각하면서도
나라면 절대 안 그랬을 텐데 하는 생각이 들어
또 서운해지고,


어떻게든 이해를 해보려고 하는데도
결국에는 자꾸만 서운해져 버린다.

◇

'서운해.'의 또 다른 뜻은
'나를 조금만 더 좋아해줘.'인지도 모르겠다.

◇

# 어차피
# 다 끝난 일

너무 끔찍해서 지워버리고 싶은 기억이 누구에게나 있
을 것이다.

나에게도 그런 기억이 있다.
떠오르면 괴롭고 아프기만 하니까
차라리 도려내버리고 싶은 기억.

기억에서 벗어나기 위해 예전에는
집중할 수 있는 것들을 찾아서
몸을 바쁘게 움직이곤 했다.

어느 날의 내가

하지만 이제는 그렇게 하지 않는다.

조금 아프더라도 피하지 않고
그때의 기억을 똑바로 마주 보려고 한다.
그러면서 나를 다독인다.

이건 이미 다 지난 일이라고,
이제는 다 끝나버린 과거의 한순간일 뿐이고,
두 번 다시 이런 일은 겪지 않아도 된다고.

때로 어떤 종류의 기억은 시간이 지나도 잊히지
않고 드문드문 떠올라 우리의 가슴을 아프게 할
퀴고 지나가기도 한다.

하지만 두려워하지 말자.

그때는 그때일 뿐, 어차피 다 끝난 일이다.

◇
## 좋은
## 이별

세상에 좋은 이별이라는 것이 있을까?

있다면, 어떤 이별을 좋은 이별이라고 할 수 있을까?


1. 서로의 행복을 빌어주는 이별? 예) 나보다 좋은 사람 만

   나, 행복해.

2. 미래를 기약하는 이별? 예) 기다릴게, 언젠가 꼭 다시 만나.

3. 친구나 지인으로 남아 계속 연락을 주고받는 관계가

   되는 이별?


나는 좋은 이별이 있다고 생각한다.

하지만 1,2,3번을 좋은 이별이라고 생각하지는 않는다.


내가 생각하는 좋은 이별은,

이별 그 자체를 받아들이는 이별이다.


서로에게 완벽한 남이 되는 것.

그리고 각자의 인생을 살아가는 것.

◇

## 침묵의
## 이유

내 말이 맞으니까 아무 말 못하는 거겠지.

내 말에 동의를 하니까 가만히 있는 거겠지.

상대의 침묵을

'무언의 긍정'이라고 착각하는 사람들이 많다.

관계는 그런 착각에서부터 서서히 틀어지기 시작한다.

침묵은 무언의 긍정일 수도 있지만

무언의 부정일 수도 있다.

상대가 당신의 말에 침묵하는 건
당신의 말이 무조건 옳기 때문이 아니라
당신과는 더 이상 아무 말도 하고 싶지 않다는 의미일
수도 있다.

잘 생각해보자.

상대의 침묵이,
나에 대한 긍정이나 동의가 아닌
체념과 포기의 순간은 아니었을지.

◇

# 믿고 싶다는 말

'너를 믿는다.'라고 말하지 않고
'너를 믿고 싶다.'라고 말하는 사람이 있다면
그 사람은 과거에 절실하게 믿었던 누군가에게
상처 받은 경험이 있을 가능성이 높다.

믿고 싶다는 말은 믿는다는 말과 달리
너를 믿고 싶지만
믿을 수가 없다는 의미가 내포되어 있다.

믿음이 한번 부서져본 사람은

다시 누군가를 믿는다는 게 힘들다.

믿음이 깨어졌을 때 그 뒤에 따라올 상처가 얼마나 아
픈 건지 알기 때문에.

◇

## 그는 당신에게 반하지
## 않았다

열 번 중 아홉 번을 못 되게 굴다가
한 번 잘해주는 상대에게 마음이 흔들려서
간혹 이런 착각에 빠지게 될 때가 있다.

저 사람이 갑자기 나한테 왜 이러지?
혹시 나한테 관심이 있나?

그동안 겪어보지 못한 새로운 모습에,
갑자기 왜 이러지? 싶으면서도 그 사람의 바뀐 모습이
싫지 않고 평소에는 별로 관심도 없었는데 갑자기 관심

이 생기고 이상하게 계속 그 사람에게 마음이 끌리고
호감이 갈 때가 있다.

사람의 심리가 그런 것 같다.

나에게 항상 친절했던 사람은 한 번만 실수를 해도
그 한 번이 아주 치명적인 실수로 다가오고
나에게 항상 냉랭했던 사람은 한 번만 잘해줘도
그 한 번이 매우 큰 매력으로 다가오곤 한다.

하지만, 그 한 번에 속아 제 발로 불행의 구렁텅이 속으
로 걸어 들어가는 짓은 하지 말자.

그 사람이 열 번 중 한 번만 잘해줬다는 건 나머지 아홉
번은 당신을 배려하지 않았다는 걸 의미하고
그 사람이 당신을 배려하지 않은 건
그 사람에게 있어 당신은 그 정도의 사람일 뿐이라는
걸 의미한다.

열 번 중 아홉 번을 못 되게 굴다가 한 번 잘해주는 성격의 사람도 자기가 진짜 좋아하는 사람에게는 열 번 모두를 잘하려고 노력한다.

당신을 진짜 좋아하는 사람은 배려 없는 행동으로 당신에게 상처 주지 않는다.

그러니까, 착각하지 말자.

그는 당신에게 반하지 않았다.
당신이 혼자 그에게 반했을 뿐.

◇

# 상처 받았지만,
# 괜찮아

스무 살에 처음 누군가와 이별을 한 후

나는 앞으로 누구를 만난다 하더라도

이 사람보다 더 좋은 사람을 만나지는 못할 거라고 생각

했다.


이 사람보다 나와 잘 맞고

이 사람보다 나를 더 사랑해줄 사람은

이 세상에 존재하지 않을 거라고.

어쩌면 내 인생에 연애는 이게 마지막이 될 수도 있다는

생각을 했다.

하지만 시간이 지나면
잊히지 않을 것 같은 기억도 잊히고
아물지 않을 것 같은 상처도 아물고
그 사람보다 더 좋은 사람이 내 앞에 나타나곤 한다.

때로, 시간은 우리에게 가르쳐준다.
끝은 또 다른 시작이라는 것을.

그러니까, 이별했을 때는
시간이 지나기를 기다리면 된다.

지금 내가 너무 힘들고,
아프고,
고통스러워도.
그 사람보다 더 좋은 사람은 못 만날 것 같은 생각에
불안해도.

당신은 괜찮아진다.

그리고 당신에게는 분명
더 좋은 사람이 나타날 것이다.
시간이 지나면.

◇

## 새로운 사람을
## 만나기
## 적당한 시기

어떤 사람은 이별을 한 후 새로운 사람을 만나는데
아주 오랜 시간이 걸리는가 하면
어떤 사람은 이별을 하고 하루도 되지 않아
금방 새로운 사람을 만나기도 한다.

이별 후 공백 기간은 어느 정도가 적당할까?
새로운 사람을 만나기에 적당한 시기가 있다면,
그건 언제일까.

헤어지고 1년이 지났을 때?

6개월이 지났을 때?
3개월이 지났을 때?
한 달이 지났을 때?
하루가 지났을 때?
아니면 그날 당장?

새로운 사람을 만나기 위해서는
반드시 해야 할 일이 있다.

마음의 정리.

이별 후 현재 나의 상태가 어떤지,
헤어진 사람에 대한 미움이나 증오가 남아 있진 않은
지, 추억을 방패 삼아 아직도 미련을 버리지 못한 건 아
닌지, 단순히 외로움 때문에 누군가를 다시 만나려는
건 아닌지.
새로운 사람을 온전히 받아들이기 위한 준비가 되어 있
는지, 내 마음을 먼저 정리해볼 필요가 있다.

마음의 정리가 제대로 되지 않은 상태에서 새로운 사람
을 만난다면 연애가 시작되어도 내 마음이 갈피를 잡지
못하기 때문에 그 관계를 오래 지속하기가 힘들다.

새로운 사람을 만나기에 적당한 시기는
마음의 정리가 완벽하게 끝났을 때가 아닐까.

◇

# 나의 불행에
# 과도한 관심을
# 보이는 친구

나의 불행에 과도하게 관심을 갖는 친구가 있다.

너 인스타 보니까

남자 친구랑 찍은 사진 다 삭제했던데.

혹시 남자 친구랑 헤어진 거야? 왜? 무슨 일인데?

둘이 싸웠어? 걔가 무슨 잘못을 한 거야?

헤어지자는 말은 누가 먼저 했어?

설마 네가 차인 건 아니지?

그래서 헤어진 지는 얼마나 됐고? 궁금하니까 얼른 나

한테도 말해봐.

평소에는 연락도 한 번 없다가 나에게 안 좋은 일이 있을 때는 귀신같이 알아채고 연락을 해오는 친구.

대충 상황을 설명해주고 다른 이야기로 화제를 돌려보려고 해도 오로지 나의 불행에 대해서만 꼬치꼬치 캐묻는 친구.

친구니까 궁금할 수도 있겠지,
나쁜 의도는 없었을 거야,
그래도 나를 걱정해서 연락을 한 걸 거야,
좋게 생각하려고 해도 자꾸만 마음이 불편해지고
그 친구의 관심이 꺼려지는 건,
내가 존중받고 있지 못하기 때문이다.

그 친구에게 나의 불행은 그저 '흥미로운 이슈'일 뿐이며 그 친구는 앞으로도 나에게 이와 비슷한 문제가 생기거나 안 좋은 일이 생겼을 때 나의 감정과 기분을 고려하지 않은 채 언제 어느 때든 나에게 상처 줄 준비가 되어 있는 친구다.


우리, 아쉬워하지 말고 그 사람을 놓아주자.
그 사람은 당신의 친구가 아니다.


당신의 진짜 친구는 당신의 불행에 대해서
함부로 질문을 늘어놓지 않는다.
당신이 먼저 이야기 해줄 때까지 조용히 기다려주거나
애써 캐묻지 않고 조심스럽게 당신을 지켜봐주고 걱정
해준다.


당신의 불행에 같이 마음 아파하며
누구보다 당신의 행복을 바라고 원하는
그런 사람이
당신의 진짜 친구다.

◇

사랑하는 사람이 속상해할 때 해주면 좋은 말


괜찮아, 내가 있잖아.


나한테는 네가 제일 소중해.


나는 언제나 네 옆에 있을게.


나는 너를 믿어.

◇

나는 언제나 네 편이야.


항상 너를 응원할 거야.


너는 지금도 충분해.


네가 좋은 사람이라는 걸 나는 알아.


네가 있어서 나는 행복해.


네가 어떤 모습이든 나는 너를 좋아할 거야.

◇

## 최선을
## 다해
## 살아가자

포기하면 편하다는 말을 믿고 과감히 포기를 했으나
오히려 마음 한구석이 찝찝하고 불편할 때가 있다.

그럴 때는
내가 왜 포기했는지를 먼저 생각해봐야 한다.

포기하면 더 이상 공부를 하지 않아도 되니까.
포기하면 더 이상 마음고생 하지 않아도 되니까.
포기하면 더 이상 노력하지 않아도 되니까.

나의 포기가 어쩔 수 없음에서 비롯된 것이 아닌
나의 나약함이 만들어낸 결과물은 아닌지.
사실은 포기하고 싶었던 게 아니라
그냥 그 상황에서 도망치고 싶었던 것은 아닌지.

많은 사람들이 편해지기 위해 포기를 하곤 하는데
포기는 편해지기 위해 하는 게 아니라,
어쩔 수 없을 때 하는 것이다.

최선을 다해도 안 될 때,
끝까지 노력해도 안 될 때,
그때 하는 게 포기다.

단순히 그 상황을 벗어나기 위해 하는 포기는 후회만
남길 뿐 우리에게 아무것도 이로울 게 없다.

최선을 다해 살아가자.

내가 후회하지 않게.

앞을 향해 나아갈 수 있게.

지금 보다 더 단단해질 수 있게.

어느 날의 내가

지금의 내 모습을 사랑할 수 있게.

◇

## 슬럼프가
## 왔을 때

할 일은 진짜 많은데
아무것도 하고 싶지 않고 무기력할 때가 있다.

잘해오다가도 갑자기 이게 다 무슨 소용인가 부질없이
느껴지고 뭐라고 꼭 집어 이야기할 수는 없는데
그냥 내 마음이 너무 막막하고 불안한 그런 때가 있다.

잡생각이 들지 않도록 몸을 더 바쁘게 움직여도 보고
기분 전환을 위해 일부러 이 사람 저 사람과
약속을 잡아보기도 하지만

지금의 내 모습을
사랑할 수 있게

그럴수록 더 안 좋은 생각만 들고
이상하게 무기력해지기만 하는 그런 때.

당신이 이상한 게 아니라
누구에게나 그런 날이 올 수 있다.

그냥 소나기 같은 거라고 생각하면 된다.

아무런 예고도 없이 갑자기 세차게 쏟아지다가 곧 아무
일도 없었다는 듯 그치는 소나기처럼, 어느 날 갑자기
찾아와 당신을 세차게 흔들어놓는 슬럼프도 시간이 지
나면 이내 괜찮아질 거다.

당신이 그렇게 초조해하지 않아도,
불안해하며 부지런을 떨지 않아도,
얼마 지나지 않아 모든 것들이 다 괜찮아지고
당신은 슬럼프가 오기 전
본래의 모습으로 돌아갈 수 있을 것이다.

어느 날의 내가

잠시 스치는 소나기라 생각하고 조용히 기다리자.


내 탓이라 자책하지 말고,
누군가를 원망하며 괴로워하지 말고,
잠시 쉬어가는 거라고 생각하자.


당신은 곧 괜찮아질 테니까.

◇

# 매일
# 조금씩
# 성장하는 나


카페 일을 처음 시작했을 땐, 모든 게 다 힘들었다.

손님을 응대하는 일, 커피를 만드는 일, 물품 발주를 하
고 정리하는 일, 청소를 하고 마감을 하는 일. 하나부터
열까지 어려운 것 투성이었다.

그래서 실수도 많이 했고 다른 직원들과 같은 일을 하는
데도 일처리가 늦어서 항상 한 시간씩 늦게 퇴근을 하곤
했다.

나보다 일 잘하는 직원들을 보면서 부러운 한편 씁쓸하
기도 했다. 나는 아무리 열심히 해도 저 사람들을 따라
가지 못할 거라는 생각이 들어서.

그렇게 시간이 흐르고
어느 날 갑자기 정신을 차렸을 때 조금의 부족함도 없
이 너무도 능숙하게 카페 일을 하고 있는 나 자신을 발
견하게 됐다.

모든 게 다 서툴기만 했던 예전과 달리 모든 일을 프로
페셔널하게 하고 있는 나 자신을 보며 스스로 얼마나
뿌듯해했던지.

처음부터 모든 걸 다 능숙하게 잘하는 사람은 없다.
누구에게나 처음이 제일 힘들고 어려운 법이다.

당신이 부족하고 서툰 것은
재능이 없어서가 아니라,

센스가 없어서가 아니라,
노력이 부족해서가 아니라,
처음이라 익숙하지 않아서일 뿐이다.

무슨 일이든 꾸준히 하면 는다.

그러니까, 지금 내가 좀 서툴고 부족하다고 해서
기죽지 말자.

당신은 매일 조금씩 조금씩 성장하고 있다.

Epilogue

누구도 나를 알아주지 않고

아무도 나를 안아주지 않아도

나만은 나를 알아주고, 안아주고,

매일매일 부지런히 나를 아껴주고 사랑해주기를.